ここにいるよ

河合真規子

竹林館

詩と絵と写真　ここにいるよ

目次

Ⅳ　まなざし

V　つつまれて

I

春夏秋冬
日めくり短詩

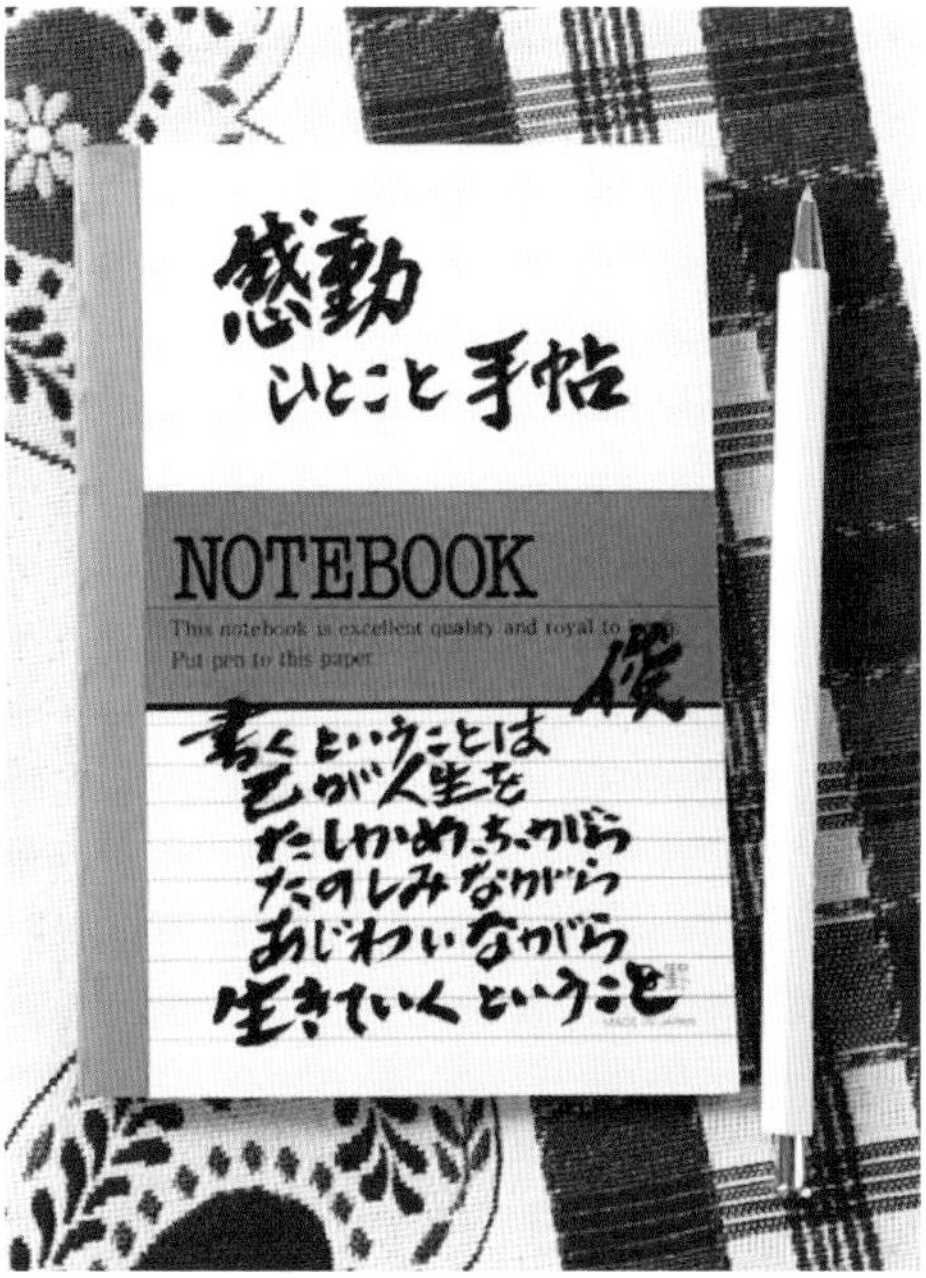

寝正月叶わず　生駒山の初日の出拝み　よしとする

人生　先のことわからないから楽し
　　　と言いし友　急逝す

いにしえの都　冬花火はじけ　若草山燃える

比良山を望み　りんと咲く冬の菜の花　たくましく

明るい方へ　伸びてゆきたい　節分の日

夜更けの帰り道　友くれし　一輪の沈丁花

バレンタインデー　旅計画のホームパーティ女子会

ミモザの花好きだった人　今年は早　三回忌

大震災祈りの日　母の顔見にゆく　ゆりかごのような月

春彼岸　墓参り終えて　佐太桜の蕾色づく

馬酔木髪に挿し　言葉と遊ぶ一日　万寿詩の会

憂いの春　天女留まる　余呉の湖《うみ》

氷上のチェス　カーリング三昧の一日　春寒曇り空

ＭＲＩ検査結果「特に以上なし」　私の四月動き始める

写仏会　皆勤賞いただき　高瀬川桜満開

パリが燃えている　パリが泣いている　ノートルダム大聖堂

今年も早三分の一生き延びて
新車　令和の時代を走る

立夏　太古に続く屋久杉と　握手重ねて　無事下山

船頭さんは世代交代　流れなつかし　柳川下り

少年使節　晴れやかな旅立ちと
後の運命想う　天草セミナリオ

悲しめるものの為に輝く五月　友の体調すぐれず

その花は可憐で　知的で　生命力に溢れている
　実家庭のどくだみ飾って元気をもらう

万寿詩会　テーマは「ブック」
　本の詩点（視点）から　人生想う一日

過ぎ行く若葉の季節　友と新車ドライブ　花巡り

友より届く　アゲハ幼虫十六匹　嬉し忙し六月

紫蘇ジュース　ワイン色に透き通る　涼しさ

合唱祭　少人数なれど　ホールに響くハーモニー　打ち上げは焼肉

久々のカーブス身体測定　筋肉増え！　体重も増える…

気づくと雑事いっぱい　花生けなおし　清々する

今朝　動かない揚羽蝶　三日間生きた証の排泄物残し

年に一度でも　会えたらいいね…亡き人想う七夕様

海へと伸びる一面のひまわりと
　亡き弟が迎えてくれる　宮古島

地元の海女さんに間違えられる
　大阪のかしまし娘　いざ海へ

今はだれ住む
　黄色いハイビスカス咲く　弟の小さなおうち

…それでも　未来に希望つなぐ　この一票

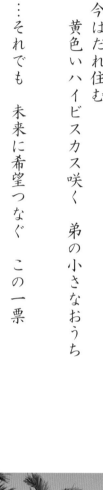

コンコンチキチン〜天神祭　賑わう人よそ目に　ドイツ語レッスン

土潤いて蒸し暑し　こんな夜をそっと喜ぶ　セミ　カブト虫

父のルーツ辿る墓参旅
　雲仙岳抱き　美しき海に浮かぶ島原半島

還暦も過ぎて　ようやくご先祖様に近づく墓参り

ふるさとの味…
　「銀水」のかんざらしと　「姫松屋」の具雑煮と

子ども等の靴の花咲く　平和の集い
　　　　檀王法林寺八月六日

お盆は静かに過ごしたい
　　　朱きほおずき　祈りの八月

ふらりと　亡き友の部屋訪ねてみたくなる
　　　表札いまだそのまま

深夜にちょいと詩をひねり…気づくと空白む

次々に羽化　揚羽蝶
「きれいね　切り絵みたい」と義妹言う

水色の空　最後の蝶飛び立ち　蝶と私の夏終わる

なつかしき便り届きて　風立ちぬ

かつての野球少年　今はそれぞれに　よき父親

久しぶりのひとりドライブ
　佐川美術館から　途中越えして　大原に抜ける

フランス映画を観る会
　題名に魅かれて参加　『ぼくの大切な友達』

雨にもとけ込み　雨にも映える彼岸花　丹波路にて

今夜はお月見だからと　友くれし　赤福餅

異国にて　ハートの先に　住む人の夢

二都物語　通りすがりに心魅かれる　バイオリンの音色

オクトーバーフェスト　思い出すは　陽気に歌うかの姿

友のルーツ訪問　葛城山麓今井町　当時の豊かさ今に留める

時止まったような三橋節子美術館
…時流れ出す　生誕八十年

近江へと　旧友集う　心はやる渋滞の道

昭和歌謡流れる道の駅　お気に入りは
名物割木寿司と牛蒡パン

村人に守られ　微笑み続ける村娘
紅葉の石道寺《しゃくどうじ》　うっすら紅さす　十一面観音様

敬意の花束　九十八のこの年まで　書道教室勤めた義母

晩秋の興福寺
　古きものの中にある　幾多の人々の情熱

したい事とするべき事多過ぎて
　　　　　　　　　のろのろと疾走する私

実家の片付け　庭の落ち葉掃き　…老いゆく母

へえ～っ　エリザベス女王とアンネフランクと母は　同い年

父三回忌　ようやく書くことの意味　かみしめる

カラカラと　寒空に揺れて鳴る鈴　サイカチの実

師走の慌しさに　かがり火灯すシクラメン

我が家にて　後輩達との忘年会
まず　献立あれこれ考える楽しみ

星流る…双子座流星群　幾多の願いをのせて

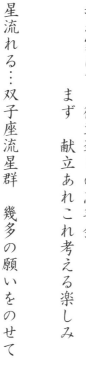

II

ときめき

見つけたよ

四月
桜の中に見つけた
小さな小さな揚羽蝶
でも寒さを耐えた冬越えの
春一番の揚羽蝶

五月
パークハウスの花畑
こっちと思えば
もうあっち

嬉しくてたまらない
春真っ只中の揚羽蝶

六月
雨上がり
サァ〜ッと飛び立つと
木々の方へ
あれ　あれ
どこ　どこ
ほら　あの木
朝露光る葉っぱの陰で
誰かを待ってる揚羽蝶

オーレリアンの恋

ベランダで一度も蝶を見たことがない
いつも彼女たちは
秘密の蝶の道を通り
そっと　しかし　確かにやって来る

梅雨になると　今年も
十一階のベランダの小さい蜜柑の木に
揚羽蝶のタマゴが産み付けられていた
今年は六つ発見

私は勝手に縁を結び
彼らを育てる

揚羽蝶になって飛び立つ日まで
わずかな時間を共有する

はじめの子守唄
大きくなぁれ　大きくなぁれ
やがて　堂々巡りの子守唄
早く大きくなって
まだ急いで大きくならないで
そして　とうとう観念する
変身した姿の美しさ見事さに

二度と会うことはないだろう
その飛翔を見送り
旅立ちを祝福する

※オーレリアンとは、蝶を愛する人のこと。

はじめの一歩

早朝
蝶のたまごが孵化していた
昨日　見つけた
鉢植えの蜜柑の葉っぱに
うす黄色のたまご

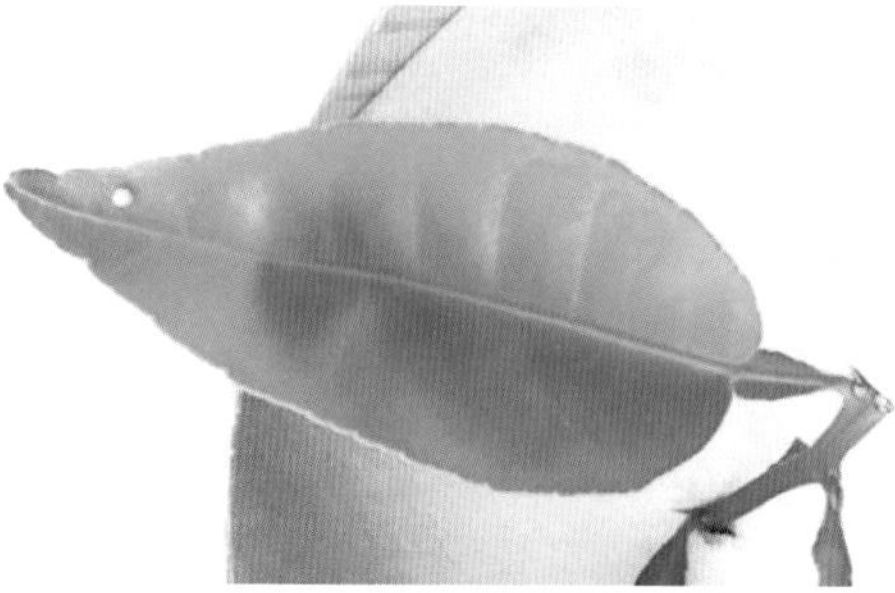

その
まぁるい命が
もう　歩きはじめている
きみの旅は
今からはじまるのだね

平和のカタチ

真夜中に目覚めた
あの子たち　どうしているだろう
そうっと覗いてみる

アオちゃんと
クロちゃんが
こんなに寄り添って
仲むつまじく眠っている

おっきなウンチのアオちゃんと
ちっちゃなウンチのクロちゃんが
こんなに仲むつまじく
寄り添って眠っている

なんて平和な夜だろう
生まれた時から
自立している君たちに
こんなに優しい夜がある

この時
君たちの寝息が
私には聞こえてきた

読書するきみ

こんなところにいたの
さがしたんだよ

ずいぶん
あるいてきたんだね
もうすぐ
さなぎになるじゅんびかな

本も　しっかりよんでおくのね

星野富
のはら
のはら
のはら
新版
スタンド・

熱情

もみじあおいの
赤い花

手ばなすと
迷うことなく
まっしぐらに
飛んでった

一途な想い
だけをもって
生まれてきた
あなた

旅立ち

羽化したまま
二日間待たせていた蝶と
近くの公園へ

降り続いた雨も上がった
気持ちのいい朝
青空と木立
聞こえるのは小鳥のさえずりだけ

あぶない危ない
こんなところで放したら
たちまち食べられてしまう

さあ　いつものお花畑へ

いよいよ　これからだ
これが君のほんとの旅立ち
大きく羽ばたいて
旅を謳歌してね

君の旅が
一日でも長く続きますように

ここにいた

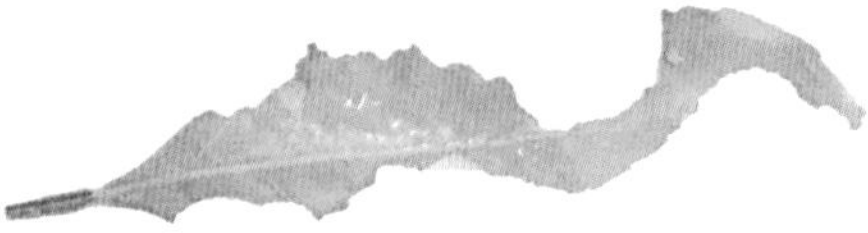

命の美
揚羽蝶幼虫が作った　葉っぱの造形
かじってかじって　じっとしてじっとして
ひたすら脱皮を繰り返す

命の不思議
糸をはき自身を固定する
蛹になったらもう動かない
しかし体内では
ドラマチックな大変身が始まっている

蝶は自分で生まれる
誰の助けや祝福がなくとも
一生懸命　殻を割り
羽を休めて広げると

幼虫の記憶を私の内に留めて
美しい揚羽蝶の誕生

飛翔　この時が来た
風を感じて　高く高く

蜜柑の香り残したまま
突然動かなくなった　幼くあおい彼
さいごのところで　羽開けず
逝ってしまった若い彼女
命をつなぐことのできなかった彼らの分も
高く　高く　高く

輝きに心うたれ　儚さを抱きしめる
無心に真摯に生きるその姿

ああ、もの言わぬ命が
こんなに　愛しいとは

生き延びる

友から便りが届く

五月には庭の柚子の木に
たくさんいた揚羽蝶の幼虫
数日前からアシナガ蜂が
やたら飛び交っていて
緑色の血を流し
食べられている青虫を見た
アシナガ蜂が肉食だったとは…
ひたすら食べていた

ショッキングな内容

アシナガ蜂が悪いわけではない

それは生まれた時から
組み込まれていること
大変な生存競争の中で生きている
奇跡的に生き延びたものだけが
命を全うできるのだ

人間には
何が組み込まれているだろう

考える力
変える力
天秤ばかりをどちらに傾けるのか

緑の地球が破滅すれば
どんな命も
生き延びることはない

III

みつめる

時を駆ける

隠れ宿へ向かう列車
ガタゴト　ガタゴト

揺れるたびにワープしていく
雑多な日常から
癒しの空間へ

列車は前へ進んでいるのに
どんどん昔にむかっているよな
懐かしさ

目の覚めるような新緑が
一緒に走ってついて来た

旅のカタチ

夢の続きを見るために
旅に出る
自分と向き合う　自由旅

あの町この村
あの山この海
暮らすように旅をする

どんな暮らしも面白く
どんな文化も糧となる

見知らぬ道は
自身へとつながる道
迷い子になって
解き放たれる魂よ

…そうして　また
懐かしいふるさとへ
新たな夢を持ち帰る

ずっと続けたい
旅のカタチ

丹波の里

夜中に目覚めると
ささやきの
大きな輪の中にいた
何だろう　この心地よさは…
そう、わが町でも
幼い頃　この声に包まれて
眠っていたのだった

ゲロゲロ　ガロガロ　グェグェ…
懐かしいハーモニー

窓からそうっと覗くと

空にぽっかり有明の月
あなたでしたか
起こしてくださったのは

雲霧をまとった山々
その山々を映して
眠っている水面
田植え前のその水面《みなも》を
月明かりが照らしている

まもなく夜明け
そうだ！
今日はあの山に登ろう

車窓

移りゆく風景
女が見ているのは　幻

いわし雲とぶ高い空
虚ろな目で
女が見ているのは　遠き日

忘れたくない事と
忘れたい事が交差する
光る川に　水鳥遊び
一瞬輝く　表情

鉄橋を渡ると　一面の花野原
かすかに動く唇は
彼岸花の朱い色
弾き出た言葉とけてゆく
抑え込んだ言葉ほどけゆく

揺れる眼差し　揺れる窓
留まりたい心を乗せて
列車は走る

諏訪湖

あの夏は　ふたり
北澤美術館
今はひとり
ガレ風のグラスに
花梨ソーダー
よく似合う

あの夏は　ふたり
諏訪湖畔
花火
ソフトクリーム
華やかダリア

今はひとり
雪
氷
霧
白い太陽
冬木立
小鳥
夏の思い出
閉じ込める
静白の世界

わが旅人生

迷子ごっこ

小学校低学年の頃　好きだった遊び
友と二人　知らない道をどんどん行く
見知らぬ町並みを　せまい路地を
行き当たりバッタリに見て歩き
興味あるものを見つけると立ち止まり観察した
見知らぬ公園に珍しい遊具を見つけると
時を忘れて遊んだ
親には秘密の遊びであった

迷った時は
住所を言えればいいんだと安心していた

しかし　本当に迷子になったことは一度もなく
知らない道は　知っている道につながっている
ということを　この頃無意識に体得したのだと思う

海外ひとり旅宣言

それは一九八七年のこと
閉じこもっていた何かがふっきれて
急に飛びたくなった

宇宙旅行はできないまでも
せめて地球旅行をしてみたいと…
生きているうちに
どれだけの所に行けるのか

どれだけの人と出会えるのか
そう思うと　矢も盾もたまらなくなった

やさしい思い出もいいものだけど
未知の世界はもっと私を魅きつけて
不安もいっぱいだが
それ以上に憧れは強く
地球の上に　ふるえながらも
しっかり立てる自分でありたいと思った

無知は恐ろしいから
できるだけたくさんの角度から
見つめ考えられる自分でありたいと
概念くだきの旅に出る

こんなものだ…と早々と悟りたくない
こんなところがある
こんな暮らしがある
といつも驚いていたいから…
日常の中で鈍くなるのはいやだから
感性をみがける場に
身をおいておきたいと思ったのだ

まぁ、あんた　理屈っぽいなあ
けど確かに　井のなかの蛙になったらあかん
いろんな土地や人と出会える機会は
大事にしたらええ…と夫の声援も受けた

そして私は飛び始めた
毎年のように海外自由旅を重ねたが

自分に課した大きな課題…
本当のひとりでの自由旅を
漸く果たせたのは
二〇〇九年八月のことであった

見知らぬ道

一九八九年　初めての自由旅で
フランスパリに十日間滞在した
とても廻りきれない美術館
その豊富な美術作品と
街並みの古さの中の
華やかさ　モダンさ
喧騒の中の自由さに

すっかり魅了された

翌年は英国を訪れた
街角で地図を広げていると
紳士もご婦人も若者も
「何かお困りですか（英語で）」
と声をかけてくれる
ロンドンでは
そんなジェントル　ピープルに感激した

エディンバラは三週間の演劇フェスタ開催中
街では大道芸のパフォーマンスあふれ
劇場という劇場では　様々な国の演劇が上演され
日本からも
蜷川幸雄の「近代能楽集　卒塔婆小町」が参加していた

特に忘れられないのは
夜の古城での幻想的なミリタリィタトゥ
世界各地の軍楽隊　舞踏団が参加して行われる演奏会である
簡素な臨時の野外席であるが
古城の闇から浮かび上がってくる美しく厳かな演奏と舞踏に
これまで味わったことのない
身体の奥底から湧き上がってくるような感動を覚えた

一九九一年はアメリカ　ニューヨークへ
活気溢れる街　飽きる事のない街であったが
…今となっては
ワールドトレードセンタービル上階から見た
夕陽の美しさばかりが心に残っている

一九九二年　東西統一後のドイツ初訪問
ミュンヘンの陽気なビアホール
こんなところに…というように
ひっそりとあるワイン酒場
ハイデルベルクのツム学生酒場
と、飲み屋ばかりが続くが…それだけではない
素朴で静かなバイオリン作りの町ミッテンヴァルト
山麓の町ガルミッシュパルテンキルヘン
私が初めてヨーロッパの山の素晴らしさに触れた
ドイツ最高峰のツークシュピッツ
子どもからお年寄りまでが登れるように
登山列車とロープウエーが整備されている山
登山家は邪道だというかもしれないが
もちろん歩いても登れるのだ
車椅子で展望を楽しんでいる人を見て感動した

山への憧れの気持ちは人々に平等にある
出来るだけ多くの人の憧れに応えようとしている
人にも環境にもやさしい山に
人々の自然に対する熱意を感じた

見知らぬ道の素晴らしさは　まだまだ山ほどあるが…
見知らぬ道では、さまざまな災いや困難にも出会う

パリの地下鉄でサイフをすられ
ミラノの空港では荷物が迷子になり
バルセロナの市場では液体をかけられ
ローマではストで飛行機が飛ばなかった
ベルギーではパリ行きの最終列車に乗り遅れ
オーストリアの山では迷って遭難しかけた…

しかし
旅人生をやめることはできない
温故知新という言葉があるが
私は
見知らぬ国々の古きものの中に
見知らぬ人々の文化　暮らしの中に
豊かさや懐かしさを感じて癒され　元気をいただく

遠くを訪ねて近き日本を知り
異なるものに出会って
自分を知るのである

そう
見知らぬ道は
必ず私自身へとつながっているのだから

ここにいた　…　夢たち

なかなか大変な道ですよ
レンタカー屋のお兄さんが言った

指宿の海岸線から内陸へ入る道
確かに険しい山道
曲がるたびに緑は暗くなり
曲がるたびに時が遡ってゆくよう…
どれくらい続くのか　心細くなった頃
ようやく到着

こんもりとした隠れ里　知覧
こんなに山深い地に彼らはひっそりといたのだ

たくさんの夢を閉じ込めて
やがて来るその時を待っていた

もっと読みたい本　もっと観たい映画
もっともっと　音楽　絵画　歴史　科学　スポーツ
学びたい　身に付けたい　楽しみたい
旅したい国々　出会いたい人々
そして恋への憧れ　恋心

深い憤り…
未来ある彼らの夢をからめ取り
彼らの優しさにつけ込んで
ただひとつの思いに向かうように扇動した大人達
事ここに至っても　終わりの決断ができず
若き命を消費することに突き進んだ狂気の大人達

若々しく　凛々しく　あどけなさも残る　その遺影
死と正面から向き合った彼らこそが
一番知っていた平和の尊さ

帰りは　彼らが飛んだ道を行く
開聞岳の見える道
彼らは開聞岳の頂上に差しかかると
翼を大きく二回振って　最期の挨拶をし
まっしぐらに沖縄の海に向かっていった

夕暮れ前のしずかな五月
池田湖の向こうに　変わらぬ姿の開聞岳
その空に　行き場を失くした夢たちが
見えない雲のように漂っている

テレジン幻想

聞こえる
真紅の薔薇の中から
子ども達の声が

ママ　スープおいしかったね
パパ　またあそんでね
大すきなおうち
お気に入りのお菓子
たのしい遊園地
あの川で泳ぎたいな
きれいな花だね
あっ　ちょうちょ

なぜこうなったのか
何もわからない子ども達
言葉も文字も
まだ辿々しい子ども達
一万五千人…

唯一の生きた証は
彼らの残した絵

チェコ郊外テレジンの強制収容所
「労働は自由への道」
と掲げられた門の向こうに
閉じ込められた子ども達

聞こえる
真紅の薔薇の咲く墓標から
子ども達の声が

わたしは
ぼくは
わたし達は　ぼく達は

もうこんなところにはいないよ
……と

光と陰が交差する季節に

二月があなたの命日月と知る
陰の家から光を見続けていたあなた

あなたはいつ私の前に現れたのだろう
初めての時　あなたは姉のようだった
そして　あなたは友となる
やがて　あなたは妹になり
いつの間にか　娘になった
その頃　初めて陰の家を訪ねた

アムステルダムの駅からも
そう遠くない運河沿いのその家
その階段を一歩ずつ…
小さな窓から光を見続けている少女が

そこにいた

束縛されるほど　夢は膨らむ
あの小さな窓をすり抜けて
どんどん広がる夢

遥かな今
あなたの夢は大きく羽ばたいて
あなたが切望した自由は
今あなたのものとなり
世界中を　人々の心の中を
永遠に駆け巡る

命日月は光と陰が交差する季節
しかし命日もわかっていない少女が
もう忘れられることはない

（親愛なるアンネ　フランクへ）

旅が教えてくれること

人はほとんど思い込みの中で生きている
…と旅をして気づく
旅は　その思い込みを裏切って
私たちを新しい世界へと誘ってくれる

ハプニング

旅に予期せぬ出来事はつきもの
予定を狂わされて悔しい思いをするが
時には　さらに快適な旅へのステップともなる

友と二人の自由旅初期の頃
ホテルは予約せず　目的地に着いてから
小綺麗そうな小さなホテルを探す…という旅をしていた
しかし　ノルウェーのフィヨルド拠点の町ベルゲンでは
どこも満室だった
寝るところが決まらないというのは
とても不安定な気持ちになるものだ
ようやく「シングルルーム二部屋ならあるよ」
というホテルが見つかった
まぁ　今夜はがまんしよう
しかたなく別々の部屋で泊まることにしたのだった
が…何と　その翌日から今に至るまで
私達の海外旅は　ずっとシングルルームになった
お互いに　一夜にして　わかったのだ

長旅の中では　一人部屋がどれほど快適か…ということが

ホテルは前もって予約するようになっていた自由旅中期の頃
パリから北イタリアへ渡った時
ミラノ空港で友と私の預け荷物が出てこなかった
ロストバゲージカウンターで荷物迷子の手続きをすませ
予定より三時間も送れてホテルに着いた
荷物は三日目に滞在先のホテルに届いたが
手荷物だけで過ごした三日間は不自由だったはずなのに
身も心も軽くなるような不思議な自由さも感じていた
「ほんとうに必要な物だけは買おうね」と話していたが
買ったのは　土産も兼ねて現地のTシャツ一枚ずつだけだった
この体験以来…
機内持ち込みもできる小さなキャリーバッグで
かろやかな旅を楽しむようになった

悼む

旅をしていると
その国の　その土地の　その人々の
悲劇の歴史にも出会う
通り過ぎることはできない
心が折れそうなことも
胸が張り裂けそうなことも
目をそらさず　書き残そう
忘れ去られないように　伝え続けよう

思い込みからの脱出

バルセロナに行くまで
ほとんどガウディを知らず生きていた
サグラダ・ファミリアのあの外観も
何だか変わった建物…と好きになれず
遠くぼんやり日本から眺めていた

二〇〇八年　初めてスペインを訪れた
クリスマスイヴのバルセロナ
町はガウディの作品に溢れていた
何気ないようでいて　存在感のある広場のガス灯
年齢を問わず楽しめる不思議の公園グエルパーク

そして　童話の中にしか存在しないような　パトリョ邸
海をイメージしたような　はめ込みガラスの窓
色彩豊かな煙突おばけが並ぶ屋上
ガウディが建てたその家は　楽しく　美しく
何よりも居心地の良さがきっちり計算されていた

いよいよサグラダ・ファミリア
一歩足を踏み入れると
天から　光が降り注いで来た
やわらかな光
やさしい光
ステンドグラスを透した
そのおごそかな光に包まれて
いつの間にか　涙が流れていた

一九二六年にアントニ・ガウディが亡くなって
サグラダ・ファミリアはまだ完成途中の世界遺産
これからも成長し続けるサグラダ・ファミリア
託された人々と
見守る私達と
そしてガウディと共に

エビバ　エスパ～ニア！

日本から　ぼんやり遠く眺めていたスペイン…
定年退職後の自由旅後期
スペインは　とても近しい国になった

バスク地方

二〇一三年　五月～六月のバスク地方へ
海に面した美食の街　サンセバスチャン
近代アートと美しい建造物の街　ビルバオ

駅に降り立つと

スペイン語とバスク語で駅名が記されていた
バスクの人々は　古くからこの地に住み
公用語は今もバスク語
独自の文化を大切に伝え続けている

一九三〇年代のスペイン内戦で街は戦火にみまわれ
フランコの独裁政権時代はバスク文化は抑圧されたが
自分達の街と文化を愛する強い気持ちが　その低迷期を乗り越え
新たにアートと美食の街として再興
以前以上の活気を取り戻して　今に至っている

バスク人は「わが街が世界の中心さ」という誇り高き人々
…ではあるが　とても陽気な美食愛好家である為
共にバル巡りを楽しめる　気さくな人々であった

コルドバの象徴

二〇一四年五月のアンダルシア地方へ　友と二人旅
マドリッドから列車で二時間
古代ローマ時代から続く古都　コルドバ到着
宿は　コルドバの象徴メスキータ（モスク）の前

さっそく　メスキータへ
明るい中庭を抜け　初めてモスクの内部へ
うす暗い中に浮かび上がる　大理石のアーチと円柱の森
千本くらいあるのだろうか
永遠に続くような　イスラムモスクのその森に　圧倒された

が　不思議なことに
中央部分がキリスト教のカテドラルになっていた

コルドバを奪回したキリスト教勢力の王が改造したものとのこと

全てを破壊して
新たに　キリスト教の大聖堂に造りかえることもできただろう
「それはさすがにもったいない」と
私のようにその王も思ったのだろうか

とにかくメスキータは
イスラム教とキリスト教が共存する形で
今も毎日ミサが行われており
人々の癒しの場となり続けている

コルドバのお祭り

前年バスクを旅した時に知り合ったコルドバの女子学生が　教えてくれた
「アンダルシアもいいですよ　お花もきれいで」

コルドバには素敵なお祭りがある
今回の旅の一番の目的は　そのお祭りに参加すること
『パティオ祭り』
毎年五月の二週間だけ　個人宅のパティオ（アラブ式中庭）が
コンクールを兼ねて　一般公開される
見学者は　公開している家が記された地図を片手に
ユダヤ人街の迷路のような道を　家を探して歩き　訪問するのだ

まず観光案内所で地図を貰う
市庁舎を中心に東西南北一～二キロ圏内に　公開軒数は六十五軒

私達は三日間で五十六軒のお庭拝見を達成した
夢中…まさに夢の中にいるような三日間だった

なぜパティオ祭りに魅かれるのか
それは　植物園や花野原とはまた違う　パティオ芸術の美しさ
それは　花　一鉢一鉢に込められた愛情の美しさ
それは　パティオの家の人々と交流できる楽しさ
それは　見学者同士も交流できる楽しさ
それは　自らを元気づけるために始まったお祭りだから
それは　町を活気づけるために広がったお祭りだから

パティオ祭りに思いをめぐらせて花を育てる
　　　　人々の季節ごとの豊かな日常を思う時…
パティオ祭り期間中の町の人々の熱気と
　　　　やさしい力強さの中にいる心地よさを思う時…
パティオ祭りはまた来年も訪ねたいという気持ちにさせてくれる

グラナダ

グラナダはコルドバから列車で三時間
到着後　まず昼食をバルで…
ドリンクを頼む度に　無料でタパス（小皿料理）が付いてきた
なんと気前のいい街だ

宿は　アルハンブラ宮殿へも歩いて行けるゴメレス坂の途中
一階はカバン屋さんになっているオステル（民宿風安宿）
シャワートイレ　キッチンと二部屋付きの二階部分を借りた

ゴメレス坂の上り始めは　アラブのバザール風
工芸細工や陶器の店　ギター作りの店などが並び　賑やかな通り
やがて柘榴門をくぐり坂を上りきると
そこはもうアルハンブラ宮殿のフリーゾーンである外庭

活気ある喧騒と優雅な静けさが隣り合わせにある…
というのが　まさにグラナダなのだろう

いよいよアルハンブラ宮殿へ
イスラム芸術の最高傑作と謳われていたが
この繊細で巧みな美しさは　写真では　とても写しきれない
時を惜しむように　たっぷり一日かけて見学した

グラナダ滞在最終日
アルバイシンの丘から夕陽に輝くアルハンブラ宮殿を眺める
…あぁ　時がワープする

それは…一四九二年　グラナダ王国滅亡の日
　退去する王が涙ながらに振り返り見たという
　　有終の美に輝くアルハンブラ宮殿であった…

日暮れて　もう一度　宮殿外庭までゴメレス坂を上る
再征服を果たしたキリスト教の国王達は
　　宮殿のあまりの美しさに感じ入り
　アルハンブラ宮殿の存続を決定したという

二十一世紀のこの時まで
よくぞアルハンブラ宮殿を残しておいてくれたことか
城壁には悠久の満月が輝いていた

マドリッド

定年退職も近づいてきた頃から
海外への一人旅も多くなり

旅の仕方も少し変化する

まずどの町でも市場に行く
地元の食材　パン　チーズ　ワインなどを買い
特に夕食などは　ホテルの部屋で簡単な調理をして食べることも

散歩も楽しむ
素敵な小路　お気に入りの公園　河岸の道
夕陽を眺めるのにいい場所

そして　空想する
ここは移住できるかしら…などと
日常からのワープ感のある旅というのが好きなので
実際に移住したいわけではないが
あれこれ考えるのが楽しいのだ

二〇一九年を最後に　海外旅をしていないが
その頃　移住するなら…と空想していたのが　マドリッド

しかし以前　マドリッドは　とても物騒な街だと思っていた
日本人観光客が軒なみスリにすられたとか…
そんな噂をきいたことがあったが…それはパリでも同じだったし
私は実際パリでサイフをすられたことがあったが
それ以後もパリを何度も訪れている…というのに
ただただ思い込みで　マドリッドは一番危ない所などと思っていた

二〇一四年　アンダルシア地方への旅の中継地として
初めてマドリッドを訪れた
その後も　二〇一五年、二〇一七年と
パティオ祭りに参加する度に訪れ
すっかり　マドリッドが好きになっていた

美術館もある　広い公園もある
王宮もある　夕陽の美しい丘もある
バスでトレドにもセゴビアにも日帰りできる
ウインドショッピングも楽しい
しかし　何よりも好きなのは　気取りのない人々

「オラ！」と挨拶して　バルや市場に入ると
すぐ打ち解けて　常連さん気分
駄洒落を言って　冗談言って…
いや　実際にそんな風に流暢に言葉を交わせるわけではなく
あくまでも　そこに流れる空気感　雰囲気と笑顔

マドリッドの街を歩いていると
自分が異邦人であるということを忘れ
大阪の街角にいるような気がするのである

メスキータ

パティオ祭

いつもふたたび

海外を旅する私の語学力は　中学英語である
敬意を表して訪問国の基本の挨拶会話と
必要最小限の英会話を　一応頭に入れて出発することになる

旅の計画…拠点になる街を決め
さらに足を伸ばして　付近の町や村も巡る
町や村が小さいほど　カタコト英語も通じず
道などを尋ねたい時は　現地語の単語に
身ぶり手ぶりに　目力も発揮して交流することになる
討論するわけではないから　大概それで通じ
相手も身ぶり手ぶりで　応えようとしてくれるのである

長い旅生活で身についたのは　語学力でなく　度胸である
退職後は　脳の活性化も兼ねて　ドイツ語とフランス語で
レストランの注文くらいはできるようになりたいと
今ものろのろと学習中ではある

二〇一七年にマドリッドを訪れた時
市庁舎には「難民歓迎！」のスローガンが掲げられていた
今　それはどうなっているのだろう…

この後　世界はコロナ禍となり
次に　ロシアのウクライナ侵攻が起こり
世界を取り巻く情勢も　地球環境も
急速に変化してしまった
今　私達は時代の大きなうねりの中で生きている

国の在り方は　時の政権によって変化する
国の在り方が変わると　人々の暮らしも変わる

海外自由旅がしにくい時代になったものだ…とめげそうになる
しかし国の在り方は変わっても
いわゆる私達庶民の人情というものは　そう変わらないと感じている
どこの国でも　どんな地域でも　文化習慣が違っても
人々は　日常の小さな喜びを積み重ね
悲しみさえも　大切に抱えて豊かに生きていると…

そう思うと　まだ旅は続けられる…という気持ちが湧いてくる
見知らぬ道は　尽きることはない
だから　旅は
「いつかふたたび」ではなく「いつもふたたび」なのだ

スイス～ドイツ九月旅　〈旅短詩２０１９〉

ドイツ入国審査官　大阪のおばちゃん二人の自由旅に
たどたどしい日本語で「ガン　バテ　クダサイ」の声援

思い込みの恐ろしさ　方向オンチ達　初日から迷う宿への道

天候悪く　自由旅ならではの予定変更　ベルンの町散策

ツェルマット　予想以上の寒さに慌て
乗換えて　さらに上へと向かってしまうロープウェー

奇跡！　マッターホルン　雲間から一瞬顔出し　ご挨拶

五つの湖巡る　薄雪景色の道　六時間

どこ入れた　方位磁石　携帯ライト
要る時使えないのは　無いのと同じ

大いなる山の気配感じながら
白く薄化粧の道　一歩一歩確かめ歩く

寒さの中　沁みわたる　山のホテルのキャロットスープ

一夜の逢瀬　ドイツ歌会の仲間とチーズフォンデュ　話尽きず

ルツェルン到着　雨の中明日のレストラン下見　花よりダンゴ旅

夏には望めない　壮大な雪景色　ピラトゥス頂上への道

山の命　岩に張り付き咲く花々
軽々と岩駆け登るシュタインボック

帰りは船旅　湖面に映える山々
久しぶりの青空広がる

「stimmt so（釣りはいらないよ）」
互いに笑み交わし　灯ゆれるレストラン

懐かしい…そうレトロなこの感じ
やって来ました！　リュウデスハイムつぐみ横丁

光るライン川　広がる葡萄畑
心地よいニーダバルトの丘歩き

ごめんなさい…ついとりました
おいしそうに実った葡萄　…写真に

デュオのハーモニー　軽快なダンス
　つぐみ横丁の夜はこれから
最後の夜は　すね肉と格闘
　シュバイネハクセ　筋肉たっぷり
マリエンベルク要塞からの絶景
　ビュルツブルクは初秋色
観音様の面影重なる
　リーメンシュナイダーのマリア像
市庁舎地下のビアホール
　郷土料理とフランケンワインたっぷり

ローテンブルク遠景
人々の豊かさ守り続けた　深い森と城壁

城壁を歩くと垣間見える
人々の暮らし　観光の顔でない裏通り

旅の贅沢はこれで終わり
ランチにフランケンワインのテイスティング十種

快晴の空に風船上がる
ビュルツブルクは土曜フェスタ

町と別れの乾杯　祭りの賑わいを背に　帰路へ

窓から眺める夕焼けと満月
　旅最後の絶景　九月の夜間フライト

金色の大きな月に　迎えられ　無事帰国

この旅も　新たな夢を持ち帰り　次回へとつなぐ

Ⅳ

まなざし

遠い記憶

その幼な子は　水たまりが怖かった
雨上がりの空を映した水たまりが
底なしの深淵に思えて
どうしても一歩を踏み入れることができない

不思議の世界への入り口のようで
その世界に引き戻されることを
頑なに拒んでいるようだった

生まれ出たこの世より
まだ生まれる前の世界にずっと近かった幼な子の
遠い記憶に残る水たまり

やがて　小学生になった幼な子は
すっかりこの世の人となり
バシャバシャと水たまりの中で
鬼ごっこ　泥遊び

…古希も過ぎた今
やがて消えゆく小さな水たまりは
精いっぱいに
この世の美を映し輝いている

また神秘の世界へもどうぞ
…と誘うように

まなざし

祈ることは生きること
祖父が教えてくれた

草花を慈しむことは生きること
祖母が教えてくれた

文を書くことは生きること
父が教えてくれた

歌い　物語ることは生きること
母が教えてくれた

旅することは生きること
時刻表の見方からユースの泊まり方
旅の手解きから　地球の歩き方まで
自由旅の楽しさを
兄と弟が教えてくれた

私は何を伝えよう

食べることは生きること
いろいろ作ってみよう
身体にいい食事
美味しい食事
共に食するしあわせ

夢追い人

弟に　姉は投資し　夢を買う
海の輝き　旅への憧れ

弟はお金持ちではなかったが
夢はいっぱいに溢れていた
旅をするにも　お金はいるが
お金では買えない旅心を
彼が教えてくれた

二〇一〇年十一月
大河ドラマ「龍馬伝」最終回
新しい船で出航する夢を語る
龍馬と　弟が重なり
共に大海を巡っている姿が浮かぶ

光る秋
龍馬とともに　君は逝く
海原駆けて　永遠《とわ》の楽園

最後のバースディパーティ

その人は　楽しみに計画していた
心に残るパーティを

木漏れ日優しい森の中で
絵を観ながら　音楽を聴きながら
小さなお茶会をご一緒に
友人と子供たちによる
プチコンサートもお楽しみください
参加費…お一人　野の花一輪
入口の花瓶に挿してお入りください

そのパーティは

晩秋の森のカフェで
二週間遅れて開催された

その人がコツコツ集めた
お気に入りの絵画
その人が作った
ガラス細工の器
大切な人たちが演じるミュージカル

何て素敵なひと時だろう
楽しくて嬉しくて
みんな心躍らせ
笑って笑って
…泣いた

その人が主役のその日
その人の姿はなく
夕暮れの冴え渡る空では
星が瞬いていた

（義姉を偲う秋）

静かな夜に

母の寝息を聞きながら
心をそっと抱き寄せる

当たり前で気づかない
私のそばにずっと居た人
生まれる前から　ずっと居た人

あれをしなさい
これをしなさいを
いっさい言わなかった人
自由な私に育ててくれた人

友だち親子
グルメ　カラオケ　旅行…
ほどよい距離で楽しんできた

昨年彼女の激変に気づく
落胆の日々

それしたらアカン
これしたらアカン
と言っている自分を嘆く

しかし　親は
いつまでたっても親なのだ
親はいつも子どもの先を歩き
生きる道を示してくれる人

九十四歳の今も
まさに身をもって
それを示し続けている

九十五歳の年賀状

今年も年賀状書くで
先月から張り切っていた
何枚書くの
赤い手帳の住所録数え
三十一枚

母の賀状は
印刷された年始の挨拶に
一言言葉を添える
宛先も自筆
昨年のは
「毎日を私の一番若い日
として輝いて生きる」

今年は何て書くの
お気に入りの数冊のエッセイ集を
繰っては考える

師走に入り
急に足腰が弱くなった母
とうとう車椅子が必要に
足と手は連動しているのか…
お箸使いが下手になり
文字も辿々しくなっていた

宛先を書くのは無理になり
印刷することに
唯一力振り絞り自筆で書いたその言葉
「何もできなくても
　えがおでいよう」

ステップアップ

尋ねると
もう早く落ち着きたい…と
その言葉に気持ちが抜けていく

気づかなかった
思い込んでいた
自分ばかりが頑張っていると
気づかなかった
母の頑張りに
仮住まいの母の頑張りに

明日グループホームへ入居する母

新しい仲間たちと生きる
出来ることを分け合って生きる
出来ないことを支え合って生きる
シェアハウスでの落ち着いた暮らしの中で
自立した人生をまた生きる

母と暮らしてちょうど一年
与えられた母娘のこんなに濃密な時間
その大いなるものの心遣いに感謝する

二〇二二年…新たな年が明け
私たちは次のステージへと歩き出す

（二〇二二年一月二十日　母入居）

立春

うるさく言わなくても
ゆっくりとしか食べられなくなった
うるさく言わなくても
娘の靴下をはいたりしなくなった
うるさく言わなくても
勝手に出歩くことはもうない

何と落ち着いた生活…そんなわけはない
人は気づかない
失くしてみないとその日々の愛しさに

母が身をもって投げかけてくれたのは
人生の終い方でなくこれからの生き方
有限の時を　どう大切に生きてゆこうか

今日は立春…コロナ禍収まらず

面会できる日が来たら
ハグするように抱きしめて
じっとじっとその温もりを蓄えよう

春らんまん

まぶしいほどの青空
面会外出　解禁に
実家の庭で　お花見だ

ふた月ぶりに会う母は
笑顔全開
庭の木々も空に向かって
笑顔全開
みんなうまく共生して

笑顔全開

今日は
母が笑った
桜が笑った
風が笑った
空が笑った

それを運命と

だんどりくるったわ
可愛いおばあちゃんになりたかったのに

幼なじみの友が闘病中につぶやいた言葉
彼女は六十二歳で亡くなった
生まれたばかりの孫ちゃんを残し…

どうしようもなく残念なことが
人生には起こる

父の妻は二十八歳で亡くなった
二歳の兄を残して…

悲しみの家
私はその中から誕生した

父のだんどりくるった人生
その上に　私がいる
そのことを重く受けとめる

母が父に恋をした
若い情熱は親の反対を蹴っ飛ばし
私はその中から誕生した
私は祝福されて　ここにいる
このことを深く感謝する

人は別れ道に来た時
一本の道しかない

ならば
悲しみを喜びに
マイナスをプラスに
これからも

ルーツ

父　真面目な人たらし
みんな　自分は愛されたと思ってる
それって　誠実で平和だね
父のだんどりくるった人生の悲しみ
気づかせないほどに

母　真面目な楽天家
ヨイショと壁を乗り越えて
どんなことも　楽しさに変身
母のだんどりくるった人生の苦悩
気づかせないほどに

私　真規子
真じめで　規そくただしい子
名付け親の意に反し
真面目すぎて　融通のきかない子
まっすぐ道を歩けない
寄り道　迷い道　まわり道
おかげで
どこでも自由に歩ける子に

紆余曲折を乗り越えて
五人きょうだい
みんな繋がっているなら
苦労話は笑い話に

夏の終わりに

朝早く電話が鳴る
お昼過ぎ　うとうとしていると　電話が鳴る
夜半に電話が鳴る

今も　その度に　慌てて電話の元に急ぐ
そして急ぎながら　安堵する

そうだ　もう施設からも　病院からも

かかってくる訳はないのだった
あなたの急を知らせる電話など

そう　あなたはここに居る
障子越しの光を浴びて
いつだって　満面の笑顔で

安堵は　束の間
あぁ　永遠の深さに落ちてゆく…

二〇二三年晩夏　逝ってしまった　あなた

老いた母と暮らし始めた頃

冬の嵐

二〇二一年　一月十三日
それは突然やって来た

正月気分ふっとんだ
優雅な生活ふっとんだ
知的な生活ふっとんだ
怠けた生活ふっとんだ

何だ　これは
このめまぐるしい日々は

喜怒哀楽が
ジェットコースターのように
駆け抜けて行く毎日

おかあちゃ〜ん
自由を返してくれ〜

ありがたや

母娘でドキドキしていた
ショートスティ初体験
二泊三日はアッという間に過ぎた

え～　行ったと思たら
もう帰ってくるやん

しかし　母もさる者
ヘルパーさんが帰り支度を促すと

え～　もう帰るのん
せわしないなぁ
と言ったそうな

おかげで　次回から
もう一泊増やすことにした

マイ　フェア　レディ

ほらほら　急いで食べるから
ポロポロごはんつぶがこぼれてる
そんなに急いで食べたら
脳貧血おこすで
ほらまた
そんなに急いで食べたら
誤嚥するやろ

お母さん　お母さん　お母さん

三十回　噛んで食べたらええねんて
パクリ…ハイ　いち　に　さん　し…

いつしか季節は　冬から春へ

初夏のある日
食器洗いの手を止めて
食事中の母を　ふと見ると

何とそこには
首をまっすぐ伸ばし
姿勢良く
ゆっくり優雅に食事する
マイ　フェア　レディの姿が…

ほんじゃあ　私はヒギンズ教授か
そう思えた自分に
笑いがこみ上げてきた

もうちょっと　やっていけそうやわ

練習・母娘漫才（ひ孫が遊びに来るので）

お母さん　わかってるか
明日は四時から　歯医者やで
　えっ　四時から歯医者やな
　ノートに書いとくわ
ちょっと　お母さん
朝の四時とちゃうでえ
　そこまでボケてないわ
そら　しつれいしました

もう　お母さん
韓国風トーストって何のこと
朝ごはんはフレンチトーストやったで
　ああ　そうやったなぁ
　すぐ忘れるねん
じゃぁ　お母さん
このおやつは　お饅頭かお煎餅か

　そこまでボケてないわ
そら　しつれいしました

うわぁ　お母さん
また私の靴下はいてるう
　ごめんごめん

すぐ忘れるねん
そしたら　お母さん
私はだれかわかってるんやろな
そこまでボケてないわ
あぁ　それはよかったよかった
ほな　サイナラ（ふたり一緒に）

歌会始

おばあちゃんが　にいちゃんとわたしに言うた
　お年玉あげる前に
　歌　うとおて聞かせんね

にいちゃんが　きをつけして　歌う
　とお～い山からふいて～くる
　こさむい風に　ゆれながら
　けだかく清く　におう花
　きれいな野菊　うすむらさきよ

ええ歌やなぁ　にいちゃんじょうずやなぁ
わたしどうしょ…なにうたおう…あれにしよか

森の木かげで　ドンジャラホイ
シャンシャン手拍子　足拍子
太鼓たたいて　笛ふいて
今夜はおまつり　夢のくに
小人さんがそろって　にぎや～かに
ア～ホーイホーイヨ　ドンジャラホイ

小さい声やったけど…歌えてよかった…
すると　弟がいきなり大声で歌い出した

ね～ずみ　シャッシャ
なんでも　シャッシャ

おなべも　シャッシャ
おさらも　シャッシャ
ね～こも　シャッシャ…

でたらめなつくり歌をくり返して
みんな大笑いしながら手拍子した
たのしいなぁ　お正月

にいちゃん十才　わたし五才　ヒロちゃん三才
おじいちゃんと　おばあちゃんと
おとうちゃんと　おかあちゃんと
どくしんのおばちゃんとおじちゃんと

座敷には　まだテレビは無く
違棚に　大きなラジオがでんとすわっていた頃

家終い

さよなら　さよなら　南天さん
赤い実　赤い実　ありがとう
さよなら　さよなら　柊木さん
優しい香りを　ありがとう
さよなら　さよなら　山茶花さん
薄紅の花　ありがとう

さよなら　さよなら　また今度
ごめんね　ごめんね　今度はないの
巡る季節を　ありがとう

父と水まき　小さなわたし
長いホースは　どこ行った

甘酸っぱさほおばる　青き春
ゆすら梅　ぐみの実　どこ行った

卒業の日
結納の日
お花見の日
思い出写したお庭よ　ありがとう

さよなら　さよなら　また今度
ごめんね　ごめんね　今度はないの
最後のお庭を　飾ってる
さくら落ち葉のじゅうたんよ
巡る季節を　ありがとう

V

つつまれて

清水桜《しょうずのさくら》

桜守は　桜を守り
桜は墓を守る
人々と桜の三百年

クロス　オーバー　クロス

一度クロスした線は
その後どんどん離れて行く
二度と交わることはない

しかし
人生においては
またクロスすることがある

これが
人生の不思議
特別な縁《えにし》の不思議

あの時あの地で出会えたこと
そしてまた
この時この地で出会えたこと

それは
大いなるものの贈り物

そのいただいた出会いを
意味づけ
繋いで行くことが
生きること
…かもしれない

道先案内人

そっちの道より
あっちの方から行くといいよ
その方が八甲田の山々がよく見える

ありがとうございます
ところで、向こうに見える
あのひときわ高い山は…

あれは大好きな岩木山だよ
若い頃から　何度も何度も
かみさんと登った山さ

遠い目をしてひとり
ベンチに腰掛けておられた
八十歳を越えているにしては

若々しいご老人
奥羽の山々をしばし眺める…

お父さん　お待たせ！
さらに若々しい年配のご婦人が
化粧室のある山小屋から
戻って来られた

お礼を言って歩き始める
あっちの道を一歩ずつ

これまでも
多くの人の導きで
今の私がある
多くの人を道連れに
今の私がある

Let's be good.

（よっしゃ　よしとしょう）

彼女を喪って
なお　時を刻み続ける　ソーラー時計
彼の腕に　しっかり巻きついて
今も　生きている

彼を喪って
なお　配信を止《や》めない　ブログ
友たちは　彼に語りかけ
今も　膨らんでいく　掲示板

在るって何
無いって何

次元を超える
時空を超える
その存在を確かに感じるとき

走りゆく季節の中で
置いてきぼりになろうとも
人を偲う切なさは
私の心を温めてくれる

さぁ　今年も
いっしょに歩いてゆこう

かくれんぼ

あるじの住まなくなった
実家の桜　見に来れば
なんと
お月さまも　お花見してござった

お月さまと目が合って
ごあいさつ
桜と　お月さまと　私
しばし　かくれんぼして遊ぶ

もういいかい
小枝にひっかかって

まあだだよ
もういいかい
桜色の中で　見え隠れ
もういいよ

お月さま　見いつけた

だぁれも　居ない
だぁれも　知らない
日没間近の　春の庭で

風のひみつ

菜の花畑を渡ってゆく　さや風の中から
聞こえてくる
もう今では昔の
あなたとわたしの会話が

生まれたばかりの　若葉光る風の中から
聞こえてくる
もう今では昔の
あなたとわたしの会話が

暮色の街　人々の疲れ癒す夕風の中から
聞こえてくる
もう今では昔の
あなたとわたしの会話が

そう
生きている
誰にも知られずに
あの時の私達が
風の中に生きている

ほたる星

近年
野川にも防犯灯が増え
居場所が少なくなってきた蛍

暗さを求めて
どんどん暗さを求めて
たどり着いた
八田部川

居た居た
川沿いの木々の中に
川辺の草むらに

蛍のあかりは恋のともしび
密やかに　激しく
それは　命の輝き

ツー　ツー　ツー
弧を描いて飛び交う
相手を見つけて
ツー　ツー　ツーッ　トン

えっ　私の腕に止まった
動かない蛍
くっついて離れない
どうしたの

きみは　だぁれ…

とたん　蛍は
川を渡り
木々の高みへ

見上げると雲の切れ間に
星々が輝いていた
蛍の灯りとおんなじ大きさで

また会えたね

彼岸花の花言葉…再会

彼の岸の方々と
再び会えることを
此の岸から願い
毎年忘れず
必ず咲いてくれる花

ありったけの美しさで咲き
その再会を祝ってくれる花

朗報

桜も終わる頃
鉢植えの蜜柑の木が蕾をつけた
初めて蕾をつけた
いくつも幾つも
ちいさな小さな蕾をつけた

三年前
揚羽幼虫と共に届けられた蜜柑の木
毎年　丸坊主になったのに
いつも健気に甦り

コロナ拡大の今年五月

優しい香りと共に
初めての花を咲かせた

にんげんさまが
右往左往している間も
きみたちは　ぶれないで
いつも命と向き合っている

そのことが
私を癒してくれているのにも
知らん顔して…

コロナの夏

降り続いた雨の後
久しぶりの青空の中を

白い雲が
東の方へと流れて行く
次から次へと流れて行く

人々の夏の疲れと思いを
たっぷり抱えて
重そうな雲が
でも　どんどん流れて行く

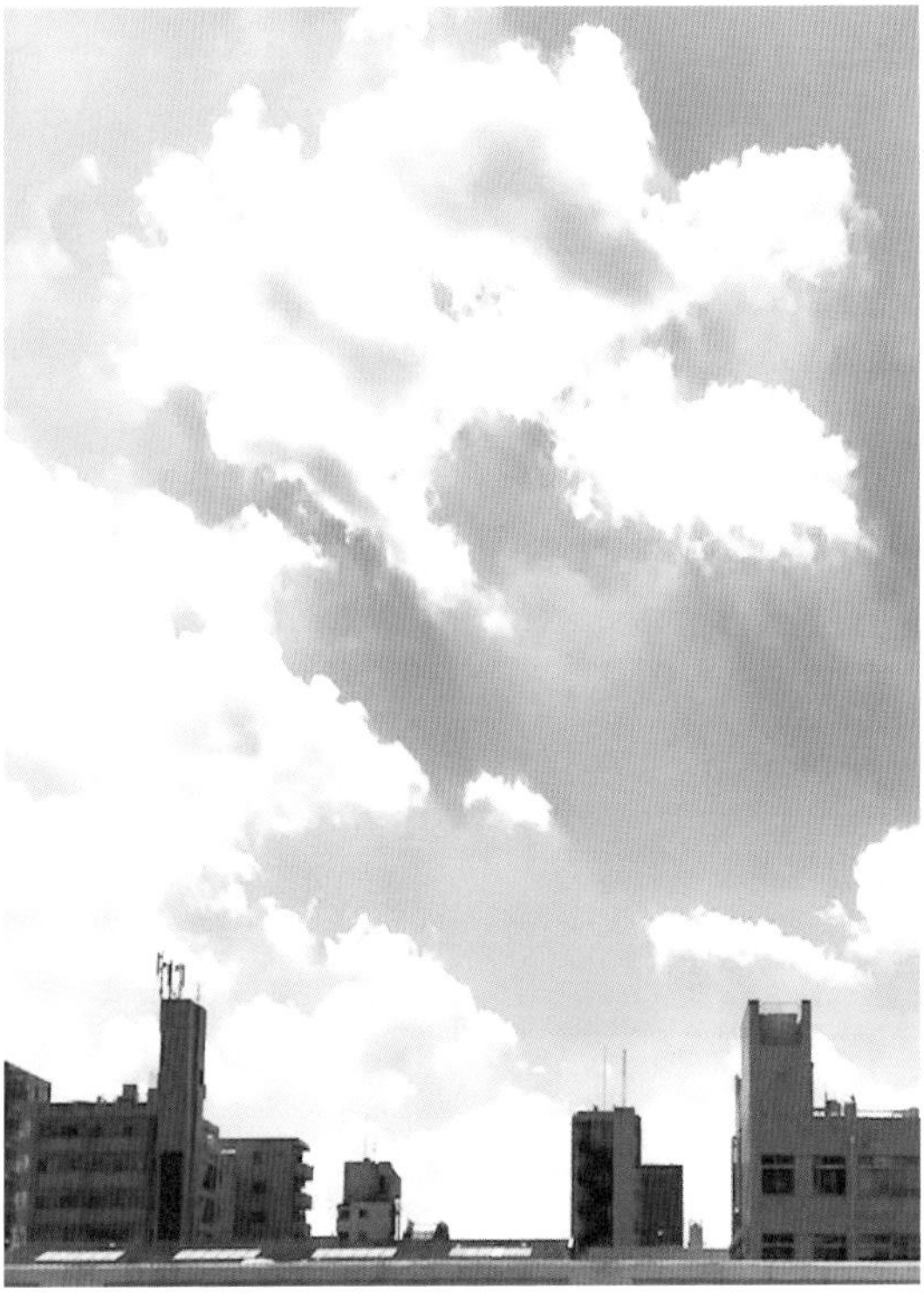

みのり

新年
雲流れて　顔出す初日
雪解け水流れて　魚はねる

やがて
会話教室流れ
合唱練習流れ
写仏会流れ

さらに
食事会流れ
朗読会流れ

海外旅行流れ

とうとう
コロナばかりが世界を流れ行く

しかし
春に蕾をつけた蜜柑の木は
花を咲かせ
小さくかたい実をつけた

光と水と風に
日々育まれたあおい実は
ようやく　この秋
金色の蜜柑になった
まんまる笑顔の蜜柑になった

鈴鹿花の森

何より重たいのは
命　緑の地球…のはずでは

こわれた天秤ばかりの上で
生きている私達

人間は過去に学ばないのか
繰り返し続けている
町を壊し　夢を奪い
町をつくり替え　夢をすり替える
命は二度と戻って来ないというのに

理不尽に奪われた夢はどこへゆくの
星になって　瞬くの
行き場を失くした夢たちは
星にもなれず

見えない雲のように漂っているのでは

変わらないものに会いたくて
いつも変わらず
迎えてくれるものに会いたくて
今年も会いに行く

今年は雨の中…
ああ　いたいた　居てくれた
ありがとう

行き場を失くした夢たちも
今日は空から降りて来て
花の中で潤んでいる

凛としてやさしく光る
鈴鹿花の森

大山讃歌

夢を見た
理不尽に命を奪われ
行き場を失くした夢達が山麓に集まり
ささやき合っているのだ

金色に実った麦
　もうすぐ収穫だったんだ
孫は絵本が好きで
　もっと読んでやりたかった
まだまだ子ども達に
　語りたいことが沢山あったよ
夏はいつも家族で泳ぎに行ってた

やっと自転車に乗れて
サイクリング楽しみにしてたよ
みんなそろっての食事が一番だった

かけがえのない家族との日常
もっと　もっと　もっと…
終わりのない夢

五月の山里は
新緑まぶしく
ブナの森は
みずみずしく潤い

奪われた命も
迷子になった夢達も

今ある命も
全てをそっと抱き
全てをやさしく包み込み
輝いている
大山はまもなく山開き！

道

石ころだって
何かの役に立っている
サーカスの綱渡り芸人が言う
大道芸の助手として買われた少女
ジェルソミーナの瞳が輝く※

草むらに
古びてころがっているサンダル
かつて　誰かが履いていた

その傍らで
まもなく

綿毛を飛ばし
役目を終えるたんぽぽ

それを
見ているあなた

物であれ
植物であれ
人であれ
すべてのものは
一瞬煌き
その道を照らす

※映画「道」より

空の額縁

十一階リビングに開かれた窓
四季折々の
朝な夕なの
東南の空をうつす四角い窓

凍えるような夜明け
春霞の生駒山
まぶしい入道雲
打ちつける風雨 灰色の空
ゆったり流れるうろこ雲

ブルーの空に明けの明星
やがて朝焼け　そして陽が昇る

輝く月　隠れる月
銀色の高い月　大きな黄色い月

がっかりした日も
心躍る日も
残念な日　達成感みなぎる日
ケンカした日　仲直りした日も
なぁんにもなかった ゆるい日も

その窓は
自分の思いとは関係なく
日々の空を届けてくれる

その小さな窓は　教えてくれる
何があろうと　なかろうと
悠久の時は流れ続けていくことを

河合真規子さんの詩集によせて

高丸もと子

詩集『ここにいるよ』を読み終えた時、静かな音楽が流れ一幕劇が終わっていくような気持ちで満たされた。

それは彼女の筆力の確かさはさることながら、彼女の歩んできた道の折々に、胸深くするドラマが潜んでいるからだ。取り立てて凄いドラマではなく、だれもが持っている日常の中で経験するもの、例えば忘れていたものを思い起こさせてくれるような落ち着いた感慨といえばいいのだろうか。

詩集は五つの章で構成されているが、そのことが彼女の人生を語っているようで納得できる。

一章「春夏秋冬」の日めくり短詩

この中扉の写真は彼女のお父様が真規子さんに渡されたものである。真規子さんのお父様の吉田俊一氏は、国語教育者の芦田恵之助の理念を受け継ぎ、実践、教示されてきた方である。この言葉のように真規子さんも日常を大切にし、丁寧に生きていく人で、その様が短詩の中にもみてとれる。

「大震災祈りの日　母の顔見にゆく　ゆりかごのような月」「今朝　動かない揚羽蝶　三日間生きた証の排泄物残し」「海へと伸びる一面のひまわりと　亡き弟が迎えてくれる　宮古島」「ふらりと

亡き友の部屋訪ねてみたくなる　表札いまだそのまま」「へえ〜っ　エリザベス女王とアンネ・フランクと母は　同い年」写真も添えられてある七〇篇の短詩。どれも何と味わい深い詩篇であることか。

二章「ときめき」

アゲハ蝶という小さな命を慈しむ真規子さんの慈愛の念が溢れている。これは取りも直さず、生きとし生けるものの命に注がれた温かい眼差しである。アゲハの幼虫がアシナガ蜂にやられる事実を通して「アシナガ蜂が悪いわけではない／それは生まれた時から／組み込まれていること／大変な生存競争の中で生きている／奇跡的に生き延びたものだけが／命を全うできるのだ／／人間には／何が組み込まれているのだろう／／考える力／変える力／天秤ばかりをどちらに傾けるのか／／緑の地球が破滅すれば／どんな命も／生き延びることはない」（生き延びる）この二章の最後の言葉に至るまでの彼女のオーレリアンの恋は本物だ。人間への問いかけが、上っ面だけの言葉でないことがわかる。ここに作者の本当の慈愛による観察眼が向けられていたのだ。無心に真摯に生きる姿には感動というものが用意されている。それを感じるか素通りしてしまうか。偶然を必然にしてしまうマジックのような心の襞が感動を呼び寄せるのではないか。真規子さんにはそれがあるのだ。「私は勝手に縁を結び／彼らを育てる」（オーレリアンの恋）とあるが、いいえ、育てると同時に育てられていくのだ。作者も読者も。

三章「**みつめる**」

この章こそ河合真規子さんの原点であり、生きていく力の源のような気がする。海外ひとり旅宣言一九八七年三四才の時から現在に至るまで旅の経験に裏打ちされた彼女の横顔が見受けられて楽しい。幅広いものの見方、考え方、時には人を寄せ付けないほどの頑固さ。自分への強さ、マイペースでありながら、ひとを思うしなやかな心。優しさ、大らかさ。本人は気づかないほどに旅はひとを分厚くしてくれるものだと友人のひとりとして改めて感じたのである。これは私が彼女を思う羨望の念でもある。

やさしい思い出もいいものだけど／未知の世界はもっと私を魅きつけて／不安もいっぱいだが／それ以上に憧れは強く／地球の上に、ふるえながらも／しっかり立てる自分でありたいと思った」（海外ひとり旅宣言）渡航先での感動や、災いや困難の出来事などは詩篇で存分に綴られている。その中で繰り返しある言葉は、「見知らぬ道は／必ず私自身へとつながっているのだから」（見知らぬ道）と。また、「その国の　その土地の　その人々の／悲劇の歴史にも出会う／通り過ぎることはできない／心が折れそうなことも／胸が張り裂けそうなことも／目をそらさず　書き残そう／忘れ去られないように　伝え続けよう」（悼む）とある。

知覧の特攻隊、チェコ郊外のテレンジ強制収容所の「テレンジ幻想」、そして、「光と陰が交差する季節に」のアンネ・フランクのこと。「あなたが切望した自由は／今あなたのものとなり／世界中を　人々の心の中を／永遠に駆け巡る」アンネ・フランクは心の中でも作者は「ここにいるよ」

を忘れてはいないのだ。

真規子さんに注がれてきた主に肉親のまなざしが綴られていく。振り返ってから掛け替えのないものであったと気づく。明日、取り壊されてしまう四章扉の写真にもその温かさと淋しさが込められている。

四章「まなざし」

丁度この詩集の校正があがる頃にお母様が逝去された。詩の合評会で真規子さんの「夏の終わりに」の朗読を聴いて、皆は胸を熱くした。私達仲間は全員、真規子さんのお母様の声も姿も若いころから知っていた。明るく大らかな全てを包み込んでくださるような方だったから。

夏の終わりに

朝早く電話が鳴る／お昼過ぎ　うとうとしていると　電話が鳴る／夜半に電話が鳴る／／今もその度に　あわてて電話の元に急ぐ／そして急ぎながら　安堵する／／そうだ　もう施設からも　病院からも／かかってくる訳はないのだった／あなたの急を知らせる電話など／／そうあなたはここに居る／障子越しの光を浴びて／いつだって　満面の笑顔で／／安堵は　束の間／あぁ　永遠の深さに落ちてゆく…／／二〇二三年晩夏　逝ってしまった　あなた

愛する人との別離の念はだれもが経験する。生前の直近の出来事は未だ思い出と呼ぶには早く、今もそこにおわすのだ。「練習・親子漫才」を書いた時の様子を真規子さんが話してくれる。「ホンマにぼけているのか、演技かわからない」と。掛け合いで実に上手く声をあげ、笑って見せ、手振り身振りを交えての間の取りようは役者そのものだと。「そうだ、そうだ、そういうお母さんだった」と、知っているものなら誰もが理解できる。でも、その練習の成果を披露することもなくお母様は静かに逝ってしまわれた。「母が身をもって投げかけてくれたのは／人生の終い方でなくこれからの生き方／有限の時を　どう大切に生きてゆこうか」（立春）まだまだ私たちの道のりは続く。しかし命の有限という掟の中で生きることを改めて教えてくださっている。

五章「つつまれて」

かくれんぼ

あるじの住まなくなった／実家の桜　見に来れば／なんと／お月さまも　お花見してござった／／お月さまと目が合って／ごあいさつ／桜と　お月さまと　私／しばし　かくれんぼして遊ぶ／／もういいかい／小枝にひっかかって／まあだだよ／／もういいかい／桜色の中で　見え

隠れ／もういいよ／／お月さま　見いつけた／／だぁれも　居ない／だぁれも　知らない／日没間近の　春の庭で

季節が廻れば必ずここに現れていた桜と月。人も季節とともに流れ、最後の桜となる宵、お月さまとのかくれんぼ。人がいなくなるというのも、天空からみればかくれんぼなのかもしれない。何と優しく年月は重なっていくのだろうか。

そして「空の額縁」でこの詩集は閉じられる。

「その窓は／自分の思いとは関係なく／日々の空を届けてくれる／その小さな窓は　教えてくれる／何があろうと　なかろうと／悠久の時は流れ続けていくことを」

小さなアゲハから大きな命の繋がりまでを綴ったこの詩集にはSOMETHING・GREATの「ここにいるよ」の声がしてくるように思う。大宇宙の中で命は循環してしていくのだ。私の友人である真規子さんの詩集出版を心から嬉しく思っている。末永く愛され読み続けられることを願わずにはおられない。

真規子さん、おめでとう！　終わりは始まり。これからもケンカしながら一緒に生きていこうね。

あとがき

ことばの風に導かれて

この世界にある全てのものが　語りかけてくる。
「ここにいるよ」「ココニイルヨ」と…目に見えるものも、目に見えないものも…その愛しきものたちを集めて詩集にした。それは私が出会ったもの…見たもの、感じたものであり、私もまた　その詩を書くことで「ここにいるよ」と存在している。

第一章「春夏秋冬」…感動はまず日々の暮らし　日常の中から
第二章「ときめき」…一途ないのちへの讃歌
第三章「みつめる」…自分と向き合い、自分を解放する…旅と私の付き合い方
第四章「まなざし」…私を育んでくれたものは何だったのだろう
第五章「つつまれて」…私を癒し元気にしてくれる存在のありがたさ

書くということ…私の心が言ったことばを日記風に書き留めることは中学生の頃からずっとしてきたこと…しかしそれは、あくまでも日記…内面を見つめ　内面に向かって書き、心のバランスをとるものだった。

　詩を書こうと意識したのは五年前の二〇一九年、そのきっかけは友がくれた「日めくりカレンダー月と暦」。毎日ちぎっていくのはもったいなく…そうだ！　日めくらずその裏に、その日心が動いたことを書き記していこう…と思いつき、私の日めくり短詩が始まった。

　すると不思議なことに、ことばの風が吹いてきて、高丸もと子さんの呼びかけに仲間が集まり、その春「万寿詩の会」が誕生した。

　この時から、外に向かって書く、読んでくれる人を意識して書くという私の詩作生活が始まった。より伝わることばをあれこれ考えることは、その苦労も含めて楽しい…それは人と繋がることだから。

　若い頃にしか書けないことがある。しかし、歳月を重ねてこそ書けることもある。特に四章と五章は、熟してこそ気づけたことである。

　古希を迎えた今年、書き溜めた詩をこうして詩集にすることができた…これは、コロナ禍の時も切磋琢磨しながら、共に詩を書き続けてきた万寿詩の会の仲間たち、忌憚のないアドバイスをくれた友たち、関西詩人協会の方々との交流での学び、そして一冊の本に纏め上げてくださった竹林館の皆さま…こんなに多くの出会いのおかげで実現できたことと感謝いたします。

読んでくださった　あなた
一緒にことばの風に乗ってくださり
ありがとうございます

十月吉日

河合真規子

プロフィール

1953年　守口市で生まれる

中学時代　ソフトボール部

高校時代　演劇部

学生時代　史学科専攻

　　　　　子ども会などの活動を通して、子どもたちと

　　　　　交流することの楽しさを知る

社会人　　定年退職するまで小学校教師

毎日の楽しみ…手軽で美味しい料理を作って食べる

季節の楽しみ　春…お花見

　　　　　　　夏…シュノーケリング

　　　　　　　秋…紅葉狩り

　　　　　　　冬…カーリング観戦（テレビ）

若き頃の自画像

河合真規子　（かわい　まきこ）

1953 年　大阪生まれ
2013 年　小学校教師を定年退職

所　属　「関西詩人協会」・総合詩誌「PO」・「万寿詩の会」

住　所　〒 570-0083　守口市京阪本通り 1-10-2-1107

詩と絵と写真　ここにいるよ

2023 年 12 月 10 日　第 1 刷発行
著　者　河合真規子
発行人　左子真由美
発行所　㈱ 竹林館
〒 530-0044　大阪市北区東天満 2-9-4　千代田ビル東館 7 階 FG
Tel　06-4801-6111　Fax　06-4801-6112
郵便振替　00980-9-44593　URL http://www.chikurinkan.co.jp
印刷・製本　モリモト印刷株式会社
〒 162-0813 東京都新宿区東五軒町 3-19

ISBN978-4-86000-507-8　C0092

定価はカバーに表示しています。落丁・乱丁はお取り替えいたします。